竹影稀疏月淡如水

鸡声破晓长空

录胡杰"穿透身体的风"诗句

党益民

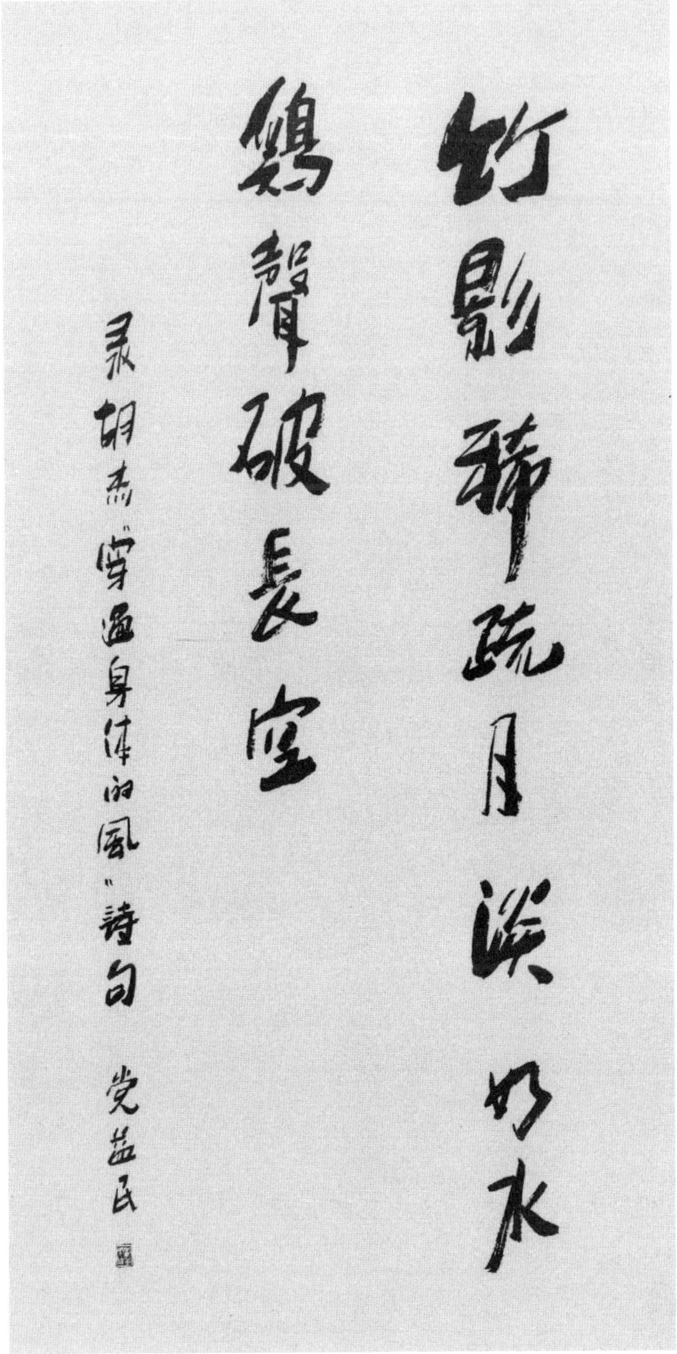

（党益民，著名军旅作家、武警少将）

穿过身体的风

胡杰　著

陕西新华出版
太白文艺出版社·西安

图书在版编目（CIP）数据

穿过身体的风 / 胡杰著. -- 西安 : 太白文艺出版社, 2025. 6. -- ISBN 978-7-5513-2719-0
Ⅰ. I227
中国国家版本馆CIP数据核字第2024X5T163号

穿过身体的风
CHUANGUO SHENTI DE FENG

作　　者　胡　杰
责任编辑　汤　阳　蔡晶晶　杨钦一
封面设计　郑江迪
版式设计　建明文化
出版发行　太白文艺出版社
经　　销　新华书店
印　　刷　三河市华东印刷有限公司
开　　本　880mm×1230mm　1/32
字　　数　120千字
印　　张　9.875
版　　次　2025年6月第1版
印　　次　2025年6月第1次印刷
书　　号　ISBN 978-7-5513-2719-0
定　　价　68.00元

联系电话：029-81206800
出版社地址：西安市曲江新区登高路1388号（邮编：710061）
营销中心电话：029-87277748　029-87217872

序一

我们都是风的孩子

阎　安

胡杰属于那种非常低调安静的人，就是斯文和谦虚过头了，几乎接近了谦卑的状态。每次见胡杰，在公众场合或朋友聚会中，看他走路说话的声音都是尽量往下压的，某种内在的原则总是要把他的表情和举止控制在一种毫无掩饰的腼腆和优柔之中。有一次我跟他开玩笑说，你的这种状态跟诗歌以弱为强的艺术属性太像了，你是一个天生的、可以避免很多语言风险的诗人。通观《穿过身体的风》这部诗集，可以看到胡杰的诗意世界，大体上印证了他在性格气质上的沉稳、温润和执着。但是其中也有相当一部分诗歌，虽然短小，却能做到用针尖而不是用大象穿越事物所造成的更为本质的尖叫和犀利。这些诗犹如不事雕饰的碎玻璃，纯粹而自然，简洁而尖锐，显示了他发自内心的某种透明和真诚。透过这些充满了微冲突、边缘化冲突和反省式冲突的诗歌，我深深感受到，胡杰和世界之间一直是相互打量的，他的诗一直在探询庸常与瞬间之间的某种机缘，或“诗与思”的瓜熟蒂落。也就是说，他不一定是有计划的诗人，但一定是有准备的诗人，诗歌与他，是突然的，也是必然的。这部横跨社会和人生几个时期的诗集，不仅仅提取了时间的体温，也提取了诗人个体生命的体温，是两种体温漫长相拥和互相磨砺的结晶，让我们在每每怦然心动的同时，也会对万物及我们自身的生命油然而生积极的洞察、热切的相依。

印象最深的是，诗集中通过人与自然的关系揭示诗人对世间事物的观察和个体体验的诗歌，占据了较大比例，从中我们大致可以了解诗人与世界的“连接”方式，以及胡杰式的独特的“揭秘”和感叹。比如《归雁记》写诗人与天空的“关系”：“每年秋天/我释放/身体豢养的/一只孤雁/季节的信使/传递南北乡音”，在一个没有故乡的时代，这种关系既是难以言说的，同时又内涵丰富，诗性地阐释了人的现代化悖论。《与灯交谈》这首诗，诗人把视角指向对整体世界的观察，即除却一切物质堆砌和是非浮尘后，世界只剩下三样东西：白云，雨，尘埃。作为自然的三种既变幻莫测又永恒不变的元素，诗人将他们设置于“万物沉睡的夜晚”，万籁俱寂后，它们作为真相“水落石出”：“暧昧的风/把梦想/吹来又吹走”。同样，诗人从四季轮回中对人生的观察，也常常能令人耳目一新：“春风入户/秋雨垂泪/日出又日落/月圆又月缺/熟视无睹的/是永恒”。这首诗通过寻常的自然现象，对人与世界的不寻常的关系进行反向思考，一种诗性的洞见如锥而出，猝不及防。自然诗歌是汉语诗歌最古老的传统，自然是一面镜子，照见的乃是人类自身。在《黄昏落日》一诗中：“相比于夕阳/我更在意/暮色的苍茫/层层包裹之下/只有自己/透过层层迷雾/看清自己”，诗人通过对自然的感受与考察，用一种人与自然对称的关系陈述，将天地之于人的责任感和思辨力，落实于对现代虚无主义的回应和背离中，这就相当于，胡杰对传统是既有承接又有突破的。因为现代化不同于以往的另一面，是现代化导致了人与自然的不对称性，人对自然的利用或逆反的瞬间性和短命性，决定了人与自然的互喻关系被时代性地复杂化、多义化了，预示了延伸性诗意开掘的必要性，所以在另一首诗，《季节深处》中，诗人写道：“最后的落日/点燃身边的一片云彩/晚风轻轻吹过/像一把摇着的小小蒲扇/这个季节/小河保持丰满/草木继续绿的观点/是否该转向下一场/由生长走向成熟的话题了”。及至《夕阳》这首诗，诗人已“承认”，人生“夕阳红”的“美”也是一种结局：“夕阳像一道/催命的符咒/让美/紧张得窒息”。自然是人的终极根源和依托，也是现代性不可逃脱的底线性追问，通过自然境遇观照思考人生命运，阐发独特的感悟和体验，胡杰在这方面做得含蓄而又开明，证明了他作为一个现代诗人在经久题材面前的现代性发掘能力。

胡杰诗歌的另一个主题是人和他的时代。一个20世纪70年代出生的人，他见证了一个国家、一连串的时代和穿越其中的人的艰难而又富于戏剧感的成长生长和变革变身。在前现代和后现代交相运维的中国式现代化语境下，什么是人和生活的根本，什么是人和生活的基本形态，从抽象定义到生活本身，从材料属性到精神特质，诗人用诗歌进行了长期的、广泛的思考和探索。诗集《穿过身体的风》写了很多形形色色的人，生活着的人，旁观中的人，理论认知中的人，如“牧人”“挖煤的人”“小姨”“稻草人”等等，都是折射着人性关怀的，都是有着语言使命和责任感的象征的人、隐喻的人。在《挖煤的人》一诗中："以内心取火的人/难免在黑夜逆行/次数多了/白天也成黑夜了/次数多了/收集的火种/就成了燃烧的太阳"。这首写煤矿工人的诗，简洁而有力，又因对意象化叙事的拿捏得体而恰如其分。诗人角色性地解读"他人"，但更多地是解密式地解读自我，用化身于"一个个人"的我所置身的一件件事，所扮演的形形色色的角色和视角，将人的境遇复活于生命的运行、跳跃和静默，充满时代感的叵测的艰辛和快乐，瞬间惊悚和片刻的超验灵觉之中。如《小夜曲》一诗："寂静是一堵危险的悬崖/深渊的底部/灯光是帮助我们/逃命的天梯/沿着蟋蟀的音阶/我们得以重回/乡村的夜晚"。诗人一再用"夜晚"喻示一种祥和品格和思想的澄明状态，也许不是偶然的，而且灯光总能将人们从忧患中解脱，也可能是诗人心驰神往的一种状态。而人的复杂性和生活的复杂性，如他在另一首《生活》中所写的："反反复复的生活/又进行了一次/唠唠叨叨"，即生活是年复一年的四季轮回，周而复始，今年重复去年，现代重复历史，永不止息，具体的生活又是琐碎的、无聊的，自觉往前冲的，或被推着往前走的，作为生活中的个体，极其渺小，但又是整体的不可或缺的存在。诗人对生活的这份理解，既有宏大的人生社会主题指涉，又有接通地气的时代和自我细化性、视角性处理，这种在寻常素材中挖掘人的现代性存在的诗意发现和赋形能力，是现代汉语诗歌和诗人共同的生命线。

胡杰诗歌还有一个重要的维度，是他对时间的思考。时间是永恒的，无形的，无止境的，但对我们每一个个体而言，时间又是很短暂的。对时光的感悟，必是诗歌的永恒话题。我特别喜欢《石头》这首诗，它对时间和生命有着别具一格观察和象喻："河滩的石头/早已布好迷魂阵/困住/误入陷阱的时间/即使风一遍遍报信/那个远走他乡的人/还没来破阵/落网的时间在等/布阵的石头在等/被心囚禁的我/也在等/彼此都有石头般坚硬的执着"。时间如何能与石头互相囚禁？这只是诗人的想象，而正因此，却让诗歌产生了人与时光相"抵抗"的意志和悲壮。另一首《时光与玫瑰》则完全道尽时间的"本质"："时光像朵玫瑰/少年时/远远望去/娇艳夺目//老年走近它/满是/扎手的刺"。这是个很有趣的比喻，玫瑰的花朵象征着青春，其刺则象征着人生迟暮之态。在诗人看来，时间就是"穿过身体的风"，如诗《穿过身体的风》中写的："穿过身体的风/吹着，吹着/就吹凉了季节/吹走了光阴”。时间之风越吹越厚，而我们的身体越吹越薄，越加无法抗拒光阴的流逝，这是自然规律，并非某个个体人类的悲剧，所以诗人在另一首《风的孩子》中写到：“风是没有方向的歧路/我们一生/困在时间的谎言里/所谓地老天荒/只有风知道/灰飞烟灭的那一天/我们都是风的孩子”。从这首诗中，可以认定诗人胡杰的世界观符合“天人合一”的思想，只不过，大多数人在生活中，总努力以“逆天”的方式奋斗，从而“困在时间的谎言里”。然而，“天人合一，道法自然”是没有问题的，作为一个人，在他的有生之年“逆天改命”也应该是没有问题的，正是这种“人与自然”的争斗与最终的和解，才能完整诠释一个人的一生，诠释生命的本质。如诗人的《手掌》所写的：“必须时时攥成/拳头的模样/只要一摊开/纵横交错的掌纹/像时间的河流/从指缝/悄无声息流走”。活着时，是一个拳头，死了双手一摊，一切归零，这应该是人生与时间最形象生动、也最具有悲喜同炉意味的写照了。

作为一个70后诗人，胡杰的这本诗集是我喜欢的，他诗歌的语言策略讲究简洁而跳跃，有好多诗歌如小令般隽永有味，我觉得除我上面举例分析的那些诗歌之外，起码还有以下十几首诗，能够体现胡杰作为诗人的独特性和存在意义：《摆渡》《小木屋》《托举》《晓风残月》《母亲》《镜中人》《走》《鸟巢》《唱戏》《辛丑杂记》《鸟声》《空》《大寒之夜》《清明》《少年》等。总体上，这本诗集应该是他集几十年的生命经验对世界的思考，既有诗性美学的质量，又有哲理性的思辨。他的语言向度是澄明的、向上的、有朝气的，同时也有对人生深切沉郁的质询，折射出人生认识的智性光芒。这本诗集中诗人有好多首写“风”的诗，风喻示着自然与时光，即使不疾不徐，总在缓慢穿过我们的身体，让我们最终回归于自然。诗人说：“我们都是风的孩子”，一生与风嬉戏，也会成为风中碎片或花瓣，风里有惊叫，也有回声，然而一切温润如玉。

是为序。

（阎安，当代著名诗人，中国作家协会全委会委员，中国诗歌学会副会长，陕西省作家协会副主席，《延河》杂志社社长兼执行主编，中宣部全国文化名家暨“四个一批”人才项目入选者。曾获鲁迅文学奖等多种文学奖项。）

序二

在摇曳的长风中感知生命的存在

陈晓辉

风是不可名状之物，它因感知而存在。当风以无形的姿态掠过世界的缝隙，我们无法勾勒它，但那树叶的摇曳、衣襟的飘动、耳畔的呼啸，又是如此真实地向我们敞开，印证了风，也印证了我们的存在。正如诗人胡杰在《穿过身体的风》中所展现的诗学：我们无法言明风的本质，却能从它延存的痕迹中辨认生命的形状。胡杰用几乎原生态的表述形式，让诗歌既没有流于后现代主义的语言指涉游戏，也未囿于新抒情传统的情感沼泽。在这个充斥着概念化表达和程式化情感的时代，胡杰以其朴素而深刻的方式，让诗歌回归到语言与感知的原初状态，以克制的姿态释放语言本身的潜能，在日常的经验碎片中生出意蕴的花朵，探寻诗歌创作中未被规训的可能。

风是这部诗集的核心意象，它无形无味却可感可泣地为诗歌构筑了丰富的表意空间，其无常性与穿透力隐喻着人类存在的复杂本质与生命历程的流动特征。正是基于此，胡杰赋予了风多重的诗性维度。在《穿过身体的风》中，胡杰写道：“总有风/在这样的黄昏吹过/像醉汉/踉踉跄跄”。黄昏是日与夜的临界点，是时间流转的具象化表征，而风以醉汉的情态踉跄地走过，仿佛生命在时间长河里无法避让的困顿或迷狂。他继续书写：“穿过身体的风/吹着，吹着/就吹凉了季节/吹走了光阴”。风在此，从自然现象跃升为时间的脉搏，它让季节与光阴悄无声息地更迭与流淌，成为丈量人们岁月的尺度。

风的形态在胡杰的笔下呈现出多重面貌，有时它温柔如治愈者，舔舐着“冬天留下的伤口”，有时它又凛冽如寒风，如钢刀般“疯狂收割大地”；有时它是天真的赤子，“偶尔跑出来/发表一种/不成熟的观点”，有时它是落寞的过客，“像漂泊的游子/越走越远”。这些各异的面貌构成了关于风的多重立体图景与隐喻系统，揭示了诗人对生命多重维度的体悟：生命的完整性恰恰来自于其内在的矛盾，就像风的存在本身——无形无相，却在万千事物的震颤中完成自身的澄明。

风在这本诗集中不仅是自然现象，更是记忆与情感的物化形态。胡杰擅于将情感具象化为可触摸的物理存在。在《风的孩子》中，他将迷茫的境遇具象化为“风是没有方向的歧路”，以风的无定向性让生命中难以言说的彷徨获得了可感可知的形态。“秋天/从一缕凉风开始/吹来远古的悲壮/吹来不眠的乡愁”，则让风成为连接个人与地域记忆的媒介。时间这一概念也在风的意象中获得实体形态，如“风被一片落叶牵引/慢慢走入/季节的视野”。这种独特的诗意转化能力，使胡杰将个人记忆、地域经验和历史时间压缩成纵横的纹理，让读者借由语词清晰地触摸到那些难以言说的情感脉络。

在《风是一种存在》中，胡杰将风的意象推至更为深邃的哲学层面。诗中的风既能提炼事物的属性，“把石头吹成铁的心肠”，又能确证事物的本质，“把沙吹成沙的模样”。同时，它无所不能、无处不及，使太阳“摇摇晃晃”、星星“稀里哗啦”、月亮“更白”、天空“更蓝”。在诗歌建构的由近及远、由实及虚的宏大视野中，风的归宿却是把自己吹得“虚无缥缈”。在这一悖论中，诗的张力清晰地浮现了：风在改变万物的同时消解了自身，正如深刻的能量往往蕴含在并不激扬的状态中，最为根柢性的存在可能恰恰表现为某种“不存在”。对风的哲思，展现了胡杰独特的感知方式：他总能从日常经验中提炼出深刻的隐喻，让自然现象承载起关于时间、记忆与存在的哲学思考，让风成为连接外在世界与内在情感的媒介。

风吹过山川与平原，穿越城市与乡村，在每一次触碰中，它都在重塑世界的轮廓，也在重塑我们内心的风景。当我们感受到风的抚触，我们不仅仅是在感知一种自然现象，更是在参与一种存在的仪式——在这个仪式中，我们与宇宙的脉动呼应，与生命的律动辉映。风是如此贴近我们，又令我们难以掌握，如同生命本身，不可名状却又真实存在。在这风中，我们或许能找到对自身存在的重新理解，对生命流逝的坦然接受，对故乡记忆的温情回望。因为正如诗人所言，“我们都是风的孩子”，我们的生命如风一般来去匆匆，却在短暂的存在中，体验着这个世界的深刻与丰沛。

风就是诗歌。它是穿过我们身体后仍未消散的震颤和心悸，它是在时间中反复折返的流动和回味——那些被风拂走的事物，最终以语言的形态重返，一如胡杰兄几十年来在厚土长风中的执守与希冀。祝愿胡杰兄的创作事业继续高歌猛进，一路长虹！

是为序。

（陈晓辉，西北大学文学院教授、博士研究生导师，南京大学博士。世界华文创意写作协会创意写作学科发展委员会主委、陕西省写作学会副会长，陕西省大学语文研究会秘书长、陕西省作家协会会员、西安市作协文学评论创作委员会主任。）

目录

第一辑　冬天的午后

第二辑　从丘陵到大海

第三辑　穿过身体的风

第四辑　邂逅一场雪

第五辑 土屋与水车

第一辑

冬天的午后

把头埋在绿叶中的

长寿花的脸

更红了

归雁记

西风烈
长空雁叫
每年秋天
我释放
身体豢养的
一只孤雁
季节的信使
传递南北乡音

晨曲

一觉醒来
鸟鸣声
已把忧愁全部埋葬
风中飘来
好闻的茉莉花香
心旷神怡
同时有短暂的目眩
风还给脑海送来
一首小诗
仿佛一下就抓住了
正要下沉的心

挽留

秋天的笑容
写满九月的大地
动人的歌声
直抵午夜的心脏
鲜花的影子还残留枝头
阶前梧叶已秋声
今夜露白头
一场繁华一场梦

夜雨寄北

大风吹落一天寒星
闪电三番五次登场
清冷的表演
无人喝彩
黑夜独自向隅而泣
有人清醒有人梦中糊涂
清醒之人
想起几个古人
想起几件古事
和阴晴不辨的明天

阿莲

北方的雪一落再落
南方的雨
并未如期而至
温暖的阳光照着绿叶
照着茂盛的草木
如温柔的目光
荡起心中的涟漪
温暖如春的南方
让人不曾想起
还有其他季节的存在
阿莲
你的模样是不是
也如此
一直是南方的春天

沉默

不要沉默
这块金
沉默的夜晚
清风造访
明月谈心
打破沉默的僵局

停泊

我再一次
将思想抛锚
在故乡的港湾
奔跑的往事
也安静下来
正如现在的我
枯坐书房
面对一张白纸发呆

摆渡

每个中年男人的心中
都蓄满了水
用来摆渡
孩子的青春期
女人的更年期
父母的病痛期
偶尔也摆渡自己
拔掉头上横生的杂草
把空地精心整理成
一个晒谷场
晒自己饥饿的童年
发霉的乡愁
和不堪回首的往事

柴门

柴门紧闭
一道篱笆高过头顶
密不透风
鸟兽的心情如我
暗忖着门里关着的不可告人的秘密
我以过往的经验猜测
土地正开怀哺乳
一些种子在发芽
一些花儿在盛开
一些果实在成熟
也只有这时
这些成长的生命
才暂时忘却了
被囚禁的命运
和被收割的危险

铁匠铺子

晚霞像铁匠铺
呼呼的炉火
烧红了半个天空
在这个熔炉里
夕阳将被锻成什么农具

铁砧上迸发的火光
也许会成为
夜空最耀眼的星星

大铁锤有时举重若轻
浑圆的生活
被打磨成一根
细小的绣花针

哦，童年的气息
多像铁匠铺煤渣的味道

盖房

沙子与水泥搅和
一遍遍
加固血缘关系

基因在排序
计算房间的数量
和重组后的面积

时间考验秩序的忠诚
黑暗并非夜晚的专属
腐朽是必然
材料蒙受不白之冤

基业始于废墟
楼高约等于格局
眼光并不可靠

向上是缥缈的云彩
头顶才是天花板

鲁班的锯子
曾咬过木头的骨髓
一棵好树
在于如何度劫
才能成为房屋的栋梁
它屹立的形象
重新唤醒我们
对一片森林的无限热爱

歌声

久违的歌声
在寂静的夜色中突然盛开
像是一场
专为他而开的演唱会
遥远的记忆之门
在内心深处缓缓打开
犹如海浪
轻轻拍打礁石
短短的几句歌
就唱完了那个人
长长的一生

小木屋

就让今晚的夜色
从一根木头开始吧
让我们忘记
忧愁与欢乐
忘记屋外的黑暗

一根一根的木头
散发着古老的原始气息
古老的原始气息
让一根一根的木头
相聚在一起
它们是家族
它们是兄弟
它们是死去的森林

灯光代替星光

自来水代替山泉
我代替我
走进一片
没有绿的森林
风，让我们更孤独

夏至

夏至已至
阳光强硬
脚步逃离

草木深陷尘土
无法抽身的
还有我们
再一次沦落红尘

伪装

冬天用白雪
伪装无辜
苍凉的季节
沉默寡言
小孩用呐喊
伪装天空的高度
那里没有飞鸟
经停的迹象

是谁
用微笑伪装痛苦
承载一生的悲伤

雪

如果是一场
足够大的雪
就该有一支迎亲的队伍
有唢呐声
有花轿颤悠悠
和盖着红盖头的
娇羞新娘

如果是一场
足够大的雪
就该有一支送葬的队伍
黑棺白幡
唢呐呜咽
天地苍茫

有生有死

有喜有悲

就像一场自然落下的雪

最美的诗

同事小孩说
琴声是甜的
风也是甜的
这是我在春天
读到的最美的诗

人在旅途

夜色如水
潮平星野阔
列车如船
乘风破浪而行
人在旅途
不论走多远
无非别离与重逢

此刻

此刻
春光已显陈旧
一片叶子的表情
告诉你未知的答案
没有哪朵花
能开于不败之地
犹如一张羞涩的脸
最终被夜色
洗成沧桑

家

我走上高原
太阳走下云朵
在被禁锢的风声中
我们对视了一会儿
然后各自回家

托举

灯火举着下沉的夜
像一个人
举着全部的苦难
挺住啊
我像对他们说
又像对自己说

走散的火

已多年未见火的模样
从一截枯枝出发
戴着面具的火
走散在
车水马龙的城市

梦中的火
在灶膛炉边
以原始的姿态
迎风起舞

我见过许多
曾带一身火的人
在薄凉的世间
逐渐冰冷
一如死灰
再无燃烧的可能

晓风残月

我与黑暗干杯
却被孤独
破碎的声音惊醒
那来自天边
远远的残月

树

如果说
我有什么秘密
那一定是
头顶日月星辰
脚踩广袤大地

沉默的夜色

思绪还停在
刚才的那杯酒里
醉了

思绪还停在
刚才的那半句话里
咽下去

而这沉默的浩大夜色
我只能攥在掌心
用十根手指
紧紧攥着

母亲

西北风呼呼
刮过北方
远在南方的母亲
为之一抖
仿佛阵阵寒意袭来

盐碱地

盐碱地板着一张
苦涩的脸
等候
总是迟到的春风

骆驼干瘦的身躯
已盛不下
一滴泪水

生活啊
如此简单
又如此沉重
我想借用
一场浩大的春风
改变命运

阳光的皱纹

原野空旷如洗
寒风把阳光的皱纹
又加深了几道
山峦以缄默的姿态
掩护密林深处的鸟兽

寒风如烈酒
黑暗不请自来
加剧夜的醉意

我摇摇晃晃
找不到陈述的出口
冰冷的词语
如一座危险的城堡

沙漠

方向迷失于一场
浩大无序
道路沦陷在
脚步的丈量中
何处是归程

大呼小叫的风
往往在此
忘了回家的路
一再跌落尘埃
成为一粒
迎来送往的沙

我迷失于此
即使终其一生
也不过
黄粱一梦

奔跑的影子

影子在奔跑
笑声还留在拐角处
一滴泪
你要珍藏多久

四季如期

往事阻止春天继续前行
谎言成为风
一道过不去的坎

夏天如期而至
带来新的故事
阳光在内心沸腾
像千万只海鸥飞翔

一叶知秋
是谁也无法掩盖的事实
即使内心填满
黄金的果实

冬天总是那么无奈
又那么可爱

哨音从远处赶来

呼啸着

把寒冷送往各处

童话的一半

从炉火开始

镜中人

镜中突然下了一场
茫茫大雪
覆盖头顶
惨白、惨白的雪
冒着丝丝寒气

与镜子的冷漠相比
他有一种被时光抛弃的
孤独
他的孤独与镜子
像两个需要抱团取暖的人

登高

九月的艳阳
铺满山岗
这样的日子
应效仿古人
头插茱萸
想起一位故交

草木开始卸妆
由青转黄
枯萎的花朵
空悬枝头

我见过那些
辉煌的往事
也遇到眼前的衰败

最终被岁月冲洗
了然无痕

秋悟

下了一夜的雨
心如路面
拖泥带水

树叶半黄半绿
像人到中年
需要继续行走的勇气

艳阳高照的辉煌
和一望无际的惆怅
在此平分
由近而远的秋色

与灯交谈

万物沉睡的夜晚
只有灯与我交谈

就从一朵白云开始吧
把心事
写在高远的天空
就从一滴雨开始吧
像人间必不可少的平常日子
有时凉爽，有时寒冷

就从一粒尘埃开始吧
把全部
交给大地

暧昧的风
把梦想
吹来又吹走

雨过窗前

雨过窗前
犹如万马奔腾
我借用一夜的光明
突破时间的围城

除夕

今晚的夜色
被璀璨的灯光
填满胸膛

春天的花朵
在今晚
提前开放
只有荒凉的郊野
还是如此
孤独
寂寞

人生

人的一生
总躺在季节里
不能自拔
从鲜花盛开
到芳草枯萎

树上的鸟鸣
地上的阳光
一样珍贵
舍弃哪种
都是罪过

春风入户
秋雨垂泪
日出又日落
月圆又月缺

熟视无睹的

是永恒

抵抗

与一只蚊子的战斗
是与一个季节对抗
波澜不惊的夜晚
往事暗流涌动
桅杆的顶端
往往住着
危险的惊叫

表情

隐藏至深的乌云
无所顾忌地走到台前
撕破脸皮
往往诞生于
一瞬之间

词语的愤怒
如滔滔江水
一泻再泻
失之若轻，失之若重

闪电的谎言
往往让人陷入
雷声大、雨点小的歧途
鲜艳的词语
使曾经一度的警惕丧失

风像个淘气的孩子
偶尔跑出来
发表一种
不成熟的观点

思无邪

一场雨再大
也无法改变夏天的命运
一场雪再厚
也无法阻止春天的脚步
午夜钟声敲响
溃逃的信号
明天的阳光
让我们重归于好

想起

想起曾经荒唐的青春
就像一季荒芜了的庄稼
里面长满时间的荒草
暮年回首
再也无力在内心
点一场大火
烧掉过去的一切

在路上

当黑夜再次压下来
你明白
自己已深陷其中
是远处的灯光
充当了声音
打破沉默
透过窗纱送来解药
可是明天
明天又是个新问题

走

我们从清晨
走到黄昏
走着走着
就
一条道
走到天黑了

独上高楼

起风了
吹散了一地陈年旧事
下雨了
打湿了不可言说的词语
独上高楼
你眼里看到了什么

风吹过

风吹过原野
吹过黑夜

把季节
吹凉
吹寒

把往事
吹成霜
吹成雪

最终还要吹回春天
回到当初出发的地方

今夜灯光明亮

今夜灯光明亮
房子里的
从窗户探出了头
街道旁的
高过往日的树顶
天上的
灿若星汉
而心中的
曾照亮结绳记事的岁月

光景

束缚是一条绳索
忠实的走狗

饥馑的岁月
风也期盼大地
有个好收成

替春天探路的无名野花
开满无名的小山坡

夜色如诗

夜色，是美好的
夜色里的灯光，是美好的
夜色里，灯光下的文字，是美好的
夜色里，灯光下，阅读文字的人，是美好的
夜色里，把这些美好一网打尽的渔夫
是美好的

鸟巢

生活如鸟巢
搭建在
不同枝头

灯笼

年关将至
大街小巷的灯笼
一如既往
忙着装点
老家屋檐下也有一盏
那是母亲高悬的心

渡人

夜色如水
水如镜
镜中独缺一叶舟
那个在此摆渡的人
忘了上岸
忘了回家

火把

我头脑中的火把
曾照亮
一个盲人
夜晚回家的路

静夜思

一

暮色里
一阵凛冽的寒风
穿过一个行人的身体
再传给下一个人
然后再传给下一个人
没有谁发现
夜色中
这个传递命运的
接力赛的游戏

二

一只手
和一颗水珠

在烤火
水珠因贪恋温暖
而置危险于不顾
终究灰飞烟灭
手因懂得收放
而得以保全

三

诗人更像矿工
不停在语言的矿山中挖掘
结果的好坏
有赖于挖矿的努力
和运气

四

一个诗人
终于向夜色缴械投降
没写一个字

等于没放一枪
没射一颗子弹
便沉沉进入了梦乡
心生出了茂盛的愧意
替他在梦里忏悔

五

夏天的河水
吹着口哨
跑远了
留下我们
望着冬天的河床
发呆

写

是对文字的敌意
还是暧昧
让我们把它
没完没了地翻来覆去
不断重新组合排列
曾经写哭了生活
写老了岁月
可我们还在一直写
让黑夜尖叫
让噩梦发笑
直到最后写完这个“人”字
那些没有年龄的文字
才逃离你的掌控
在一块叫墓碑的石头上
重见天日

黑夜的邀请函

当沉稳的阳光
悄悄从墙上溜走
日子便开始暗淡
鸡鸣狗吠
无法拦住那些
义无反顾的时光

有风越过树梢
急着给黑夜送一封邀请函
有萤火虫打着灯笼
像一个迷途的人
在夜色中越走越远
有蟋蟀鼓腹
低声浅唱
附和着什么
草木隐身

没有比黑暗更高的山
也没有比黑暗更矮小的山

波光粼粼的湖面
长着无数
窥探夜色秘密的眼睛
即使这样
也是浮光掠影
就像此时
你我在月光下的谈话
不能深入彼此的内心

小径通幽

这个夏天
把燥热的季节
堵在心口

秋风微凉
天朗气清
这时是不是该说
三四月间的事
是七八月的结果

在这里
冬季始终坚守原则
没有哪个话题
导致气温回升

一生

你被黑夜禁锢
解救你的光明
在时间的栅栏外
奔走

你在自己的哭声中
降临
你在别人的哭声中
离去

你一生纠结于
黑白的对抗
命运左右摇摆
岁月已被昨天
磨成绣花针

你的灵魂
疲惫地靠在故乡的大树上
轻轻抖下一片落叶
埋葬自己

淋湿的命运

城市夜空
星星永远在沉睡
午夜的车轮
无情碾过路面
像一场揪心的
哗哗大雨
一个无处安身的人
纵然躲进浓浓的夜色
仍逃脱不了
被孤独淋湿的命运

最后的叶子

这个秋天
被阳光照亮的树叶
还剩最后一片
挂在枝头

调皮的风
是谁也无法阻止的
恶作剧
这一刻
我对这片叶子的命运
有着深深的怜悯

冬天的午后

冬天的午后
阳光灿烂
打破寒冷的布局
回升的温度
重新以胜利者的姿态
站在跷跷板的高端

没有一丝风
阳光像温文尔雅的笑容
温暖如玉
我看见
把头埋在绿叶中的
长寿花的脸
更红了

冬夜

冬夜寒冷，文字取暖
灯光摇曳，微风乍起
犹如落日的余光
在微波上荡漾
覆水难收
一生中
总有几个
被文字温暖的瞬间

落在纸上的雪

漫天大风
吹走了一场
漫天大雪

只有我们
坐在暖气房子里
幻想一场大雪
一场皑皑的大雪

就像有时
我们在
洁白的纸上
写下的那些废话

观山

推门见山
侧耳听鸟鸣
我不在乎此时
是清晨还是黄昏

群山像本书
密林是致命的诱惑
小鸟如我
误入诗行
叫声清脆而执着

今夜有风
吹落歌声
遥远的大海
也波涛汹涌
犹如群山起伏

失眠

夜已沉海
房屋如破船
声音像漏水
从紧闭的防盗门、沉重的墙和厚厚窗帘
渗透
有时蹑手蹑脚
有时大摇大摆
用黑暗蒙蔽眼睛
用宁静贿赂耳朵
一边在汹涌的脑海挣扎
一边还原生活的真相

终点

最后一圈就到终点了
至于过程
只有自己知道
起点到终点的重合
貌似一切归零
像人的一生
把时间还给时间
把生命还给生命
除此之外
还剩什么

险境

我们沿着山路
逆流寻找水源
大大小小的石头
个个呆若木鸡
随时都有
被捉的危险
它们在这个地方待得太久
以至于面对险境
再也无法动弹一步

围墙之外

那天
我踩着冬天的一截阳光
就像踩着自己的影子
行走在一段围墙之外
阳光温暖而明亮
与我朝夕相处的影子
被岁月压驼了背

偶遇

一朵白云
像一条解开缆绳的小船
在茫茫云海漂荡
随时有走散的可能

一条小巷
委身街道
隐忍一生
终未摆脱拆迁的命运

万事万物
有着太多太多的
不确定性
就像偶尔刮过的一阵风

亮色

夜
靠着电线杆
疲惫入睡
风的呼唤
雨的敲打
怎么也叫不醒
一个沉睡的人
黎明
唯有黎明的光
照亮梦中奔跑的脚步

珍贵的夜色

夜色是如此珍贵
夜色中的父亲
曾一担一担挑着
又一筐一筐倒出
夜色
倒着，倒着
夜色变成了
一堆一堆
金黄的稻谷

夜色是如此珍贵
古往今来的人
都曾蘸着夜色
写下孤独
写下胸襟
写下千古绝唱

月光记

岁月沉重
月亮斜靠山顶
黄龙山像个
长不大的孩子
今晚的月光中
它在我眼里
抬高了一寸

前面的星星
一直伴我赶路
身后的星星
一直在等待
等待那一位
借光夜读的书生

星月无边

夜色宁静
这个夜晚啊
小鸟偶尔的几声赞叹
瞬间就被月色
匆匆掩住了嘴

活如古人

晨起
沐浴、更衣、焚香
烧水、品茗、读诗

水是山泉水
诗是古诗

窗外
阳光灿烂
人声鼎沸
车水马龙
我努力隔绝喇叭震天
释放心中
那个囚禁多年的古人

任他

青衫小扇
骑着瘦驴
不紧不慢
在时光里徘徊

第二辑

从丘陵到大海

浪花淘尽岁月

我与故乡的山水

在大海相遇

乡村夜读记

风起云涌
水落石出
是谁
捅破了
最后一层窗纸
寒蝉凄切
荻花瑟瑟

独木的小桥
依旧闪着
霜雪的寒光
可我
从未上桥
害怕不小心
踏坏古人的足迹

竹影稀疏
月淡如水
鸡声破长空
惊醒青灯伴读的书生
一帘幽梦
惊醒我
住着茅屋的童年

小夜曲

乡村的夜晚
像个巨大的消音器
收走了尘世最后的杂音
在这里
自己的心跳可与星星交流
这是唯一的遗漏

寂静是一堵危险的悬崖
深渊的底部
灯光是帮助我们
逃命的天梯
沿着蟋蟀的音阶
我们得以重回
乡村的夜晚

唱戏

村东的小祠堂
唱过大戏
曲终人散
英雄带着美人走了
唱戏的
带着才子佳人走了
不舍的夜晚
带着满天星星走了

归乡记

近乡情更怯
我与古人
怀着同样的心情
走在不同的归乡之路

炊烟早已改道
只有锅碗瓢盆
还保守着乡村
一知半解的秘密
天边飘过的浮云
哪朵是故乡的

湖光山色

隐藏于湖光山色
背后的眼睛
还穿着厚厚的衣服
在鸟鸣声中
才逐渐明亮起来

与我对视的季节
个性鲜明
一如多年前
那个未被世事磨平棱角的
乡村少年

茫然四顾的感觉
就是曾经想说的话
此时站在这里
已被风吹走

仲夏，鸟鸣窗

一觉醒来
鸟声已汇成一条河
缓缓流过窗前
窗外
每棵绿得发亮的树上
藏着无数涌动的泉眼

恍若旧梦
四十年前的一个乡村少年
在故乡的土坯房
一边听着窗前的鸟叫
一边走出了鸟的叫声

不仅仅因为年代的久远
我们已把太多的东西
相忘于江湖

那一声声鸟鸣
让我们找到了
久别重逢的感觉

辛丑杂记

一

村子里的人越来越少
村子里的风越来越多
越来越多的风
越来越大
攒成一堵
谁也推不动的墙

二

坐在旷野里
我有限的修炼
羞于与故乡的清风
谈论一场
月光的皎白

三

满目青山下
埋的都是
时光的残骸
和许多人
回不去的过去

四

一个失眠的男人
清晨，用桶
在水中打捞
昨晚的星星

一个做梦的女人
以勤劳为针
以阳光为线
在土地上编织
生活的网

五

一场野火
有着不为人知的虚弱
一边熊熊燃烧
一边随风跌倒

六

汽笛声
被过早抛弃在夕阳里
独木船的漏洞
已被江湖填满
五指山下
一片沧海
一片桑田

七

有时

一片绿叶
也代表
整个春天和希望

八

一片枯叶
把秋天
推向远方
此时的思绪
如一场雪花
纷纷坠落

九

山峦的脚印
已被岁月填满
唯一的留白
保持童年记忆
后面，路越走越快

以至于忘了
要留点什么

十

清晨，窗外的鸟啼
乱成了一锅粥
像急着给自己打气
又像相互鼓励
平常的一天又一天
以这样的方式
早早拉开了序幕

岁月是条河

夏天的小河
曾吹着口哨
从我窗前跑过
时光如水中之鱼
从一个地方
游向另一个地方
现在
它又游进了
我的额头

遗忘

故乡多草木
流于时光之外的
是我疏于认领的歉意
那些写在地上的名字
有的低俗如狗尾草
有的高洁如君子兰
无论下里巴人
还是阳春白雪
我想起一些
又忘了一些

夜与海

夜坠入大海
如坠入万丈深渊
我们沿着星光
攀爬到光明的彼岸
此时故乡的虫子
在夏夜
用方言交换暗号
蝴蝶
这个采花大盗
停止了赶路的脚步
它知道
只要一展翅
就会掀起一场风暴

历冬至初夏

婉转的鸟声
打破一个季节
长久的沉默
隐遁的事物
开始露出迷人的微笑
一片绿叶
一朵鲜花
更多低处的生命
表达了对阳光的热爱
光阴里
消失的故人
再次集结
我们似乎都有
久违的感动

小镇记忆

公交站牌还在
长条木椅不见

邮筒还在
书信全无

马路还在
被黄土覆盖

包子铺还在
肉味半存

睡眠还在
梦想已无

乡音还在

青春不再

阳光灿烂
夜色淡如水

窗前歌唱的小鸟
要把小镇的
全部记忆
还给我

夜的味道

如果夜黑得像夜
就有熟悉的味道
我敬畏这样的夜
像纯真年代的一首歌
在记忆深处反复吟唱

我喜欢这样
层层包裹的夜色
一边仰望星空
一边推开重重黑暗

石板街

石板街老得说不出话来
只有街边的红木门
张着意犹未尽的嘴
落日把余晖涂满街道
我看见一片槐树叶
在夕阳里
无声落下
落在苍凉的石板街上

阿猫与阿狗

白猫与黑狗
是我童年
单调的底色

有时
它们是某个夜晚
我回忆的主角
它们在黑暗中
亮晶晶的眼睛
代替我
守护夜晚

有时
它们几声微弱的叫唤
代替我
向这冷漠的人间发声

阿猫与阿狗
也许只是代名词
有时像风一样虚无
有时又像风一样存在

旧时光

太阳西沉
时光不因此而旧
新的希望
如森林敷衍
锈的记忆
如死海沉寂
旧时光
那道目光无法翻越的岭
谁在收藏

乡音

在这座陌生的城市
乡音像珍藏多年的古董
平日束之高阁
与父母隔空交谈
才能重见天日
没了父母
它何去何从
我们是否
都会成为孤儿

感悟

北坡的松林
继续绿着
像夏天
保持初恋的热情

小河的流水
继续玩着
在时光里雕刻
两岸花纹的
童年游戏

一不小心
黄昏铺满大地
我年轻的朋友
却一去不复返

拈花一笑

拈花惹草
羞于言表
可我喜欢
直抒胸臆

像一切豪言壮语
终归落入尘埃
想想我们少年时的那些
琴心剑胆
多少年后
也不过是
南柯一梦

忧伤

城市
把多余的尖叫
留给街道
留给后来者

乡村
一声多余的叹息
麻雀的家园
忧伤的乐园

流云

昨晚星光璀璨
这人间的盛宴
你是否看到

今天清晨
微风不语
万鸟齐鸣
太阳像待嫁的新娘
美好的一天又开始了
你是否看到

漂泊的人啊
内心早已湿透
你是否看到

铠甲

皱纹是时光遗留的铠甲
水波不兴
只因曾经沧海
阳光终生修补碎片
我们用一生抵抗
爱与不爱

梦

人们被黑夜的噩梦点燃
黑夜被鸟的叫声惊醒
而钟表
梦的收集者

明天
鸟儿继续飞翔
人们继续重复
或探寻
或生活

生活

反反复复的生活
又进行了一次
唠唠叨叨

陈年旧事
在发酵
在酿酒
在异乡的夜晚
酩酊大醉

午夜的歌声
在悬崖攀升
又跌落

有人在梦中
忽然被彗星照亮

风的孩子

风是没有方向的歧路
我们一生
困在时间的谎言里
所谓地老天荒
只有风知道
灰飞烟灭的那一天
我们都是风的孩子

天边飘过一片雪

雪落的声音
本质接近梵音
听到的
皆是有缘人

黑瓦上攒了半天的雪
一转头
又飞得无影无踪
了然无痕
只有身处其中
才知天边飘过的一片雪
究竟落在了何方
我对雪
保持了足够的尊重
把一场细如沙砾的雪
看成大如鹅毛

我心中有足够的留白
渴望接纳一场
古人也未曾见过的
更大的雪

水墨画

时间是静止的
也是运动的
白天的白
黑夜的黑
铺陈为
一幅浩大而永恒的水墨画

知黑守白是底线
千古江山
万里长河
画中偶尔的点缀
而我们终其一生
不过在作一幅
时间的水墨画

变化

换季如阵痛
总会牵动一根敏感的神经
过分纠结色彩的变化
从天空到大地
到一株风中摇曳的小草
我是那个
去年被阳光刺痛的人

空中楼阁

楼台的月
水中的花
身后的名
缥缈迷离

山外的青山
楼外的楼
顾影自怜
躲在寂寞的斜阳里
不能自拔

雨水还沿着冰冷的词下淌
霜降已成秋天的绝唱
今晚过后
明天季节转场

返乡

走在熟悉的田间小道
有清风扑面
滋润干涸的生命

哦，意气风发的年代
像童年纯真的哨音
多么令人难忘

星汉灿烂
时光如流
葬身河底的鱼
有谁见过它
最后老去的模样

草原夜色

太阳勾走了白天最后的一丝魂
沉醉在草原深处
摇摇欲坠
替我挡风的稗草
倒下一大片
尽管如此
我仍未想好
抽身逃离的方法
须有夜色的掩护
须有小虫的呐喊
还须有一匹快马
驮着我
从中年跑回青年

故乡

黄昏
像块突然抛下的盖头
我却没有勇气揭开
想起此时故乡的炊烟
心中一阵疼痛

春日新事

在春天
不止草木茂盛
不止鲜花盛开
所有的窗户
也都绿意盎然

画板上的秋天

阳光照在墙上
像某个温暖的回忆

夏天已退回秋天的阴影
蜷缩成一个
小小的婴儿

风微凉
有时像长句
有时像短句
如潦草的人生

汽车轰鸣
驶过寂静的夜晚
掉进黑暗的深渊

温暖的瞬间

这个冬天
阳光比文字更温暖
明净的天空
让遥远的往事
触手可及

趁星星出来前
回望乡愁
语言却被暮色淹没

从丘陵到大海

山的那边有什么
路的尽头是什么
水流何方
梦归何处

从丘陵到大海
我翻过了一座
叫少年的山
我走过了一条
叫青春的路
我做了一个
寻找大海的梦

浪花淘尽岁月
我与故乡的山水
在大海相遇

从此，每个汹涌澎湃的日子
波澜不惊

母亲的菜园

母亲的菜园是个百宝箱
里面锁着四季时光
透过篱笆看看蔬菜
就知道什么季节了

母亲的菜园是个百宝箱
里面锁着童年的欢乐记忆
其余的遗落在菜园外的路上
只能在回忆中慢慢寻找

今天我站在菜园的篱笆旁
像个时光的偷窥者

第三辑

穿过身体的风

穿过身体的风

吹着，吹着

就吹凉了季节

吹走了光阴

石头

河滩的石头
早已布好迷魂阵
困住
误入陷阱的时间
即使风一遍遍报信
那个远走他乡的人
还没来破阵
落网的时间在等
布阵的石头在等
被心囚禁的我
也在等
彼此都有石头般坚硬的执着

心如止水

枯坐的代价
终须以时间为巨额赔偿
因这不为什么的奢侈

山中有石
不为问道
枯坐千年

网破未必鱼死

黑夜
准时支起一张大网
将万物一网打尽
偶尔几个漏网的人
匆匆行走在
比黑夜更暗的地下
黎明
准时将这张大网
一一划破
有时候
网破
未必非得鱼死

地火

不小心被一片黑暗所包围
这么多
这么黑
即使用世间
最黑最大的布
也遮盖不了
何况你还要把它们
揣在口袋
装在心里

这么多的黑暗
是一片沉默的火
需要激活的机会
你看那
黑色的煤
黑色的炭

只要有一丝火苗
就会熊熊燃烧

囚禁

精心设计
画地为牢
以园冠名
我们把户外的
山水、草木、虫鱼
及飞禽走兽
一一囚禁
在囚禁它们的同时
岁月也把我们
囚禁在有限的时空之中

风与牛马相及

一场排山倒海的风
如约而至
尘土不能把握命运
沙石在忙碌中奔跑
藏北羌塘草原
牛马都见过世面
不为所动
闪电拄着拐杖
从遥远的地平线
送来雷声的问候
一切顺理成章
像个逻辑缜密的证据链
风与牛马相及

野马

天苍苍
野茫茫
鹰隼试翼
牛羊啃食岁月

野马脱缰
重建思想的王国
时间凭借不朽
成为隐身国王

语言退后
年龄臣服于皱纹
另一道风景
我们心中的隐痛

笔记

灯光
咬破了夜的耳朵
秘密倾巢而出
虚无
终日用虚无填补

荒漠
上帝在人间的
弃儿

春日

春风化雨
湿了一树海棠
落英缤纷
都是命运的安排
黑夜是饮醉的酒杯
黎明是葬礼的牧师

夏日

夏日的阳光
微风不曾吹淡它
所有的颜色
都经历过如火的考验
季节的觉悟
从未丢失

森林

走入这片迷人的森林
我把自己活成一个
众所周知的寓言
我的心比它稍大
只要能用这美色装满即可
可我记住了这只唱歌的夜莺
又忘了那只跳舞的蝴蝶
看了东边的桃花
又丢了西边的兰草
一片绿叶
让我迷失了整个森林
如果你问我
最后带走了什么
除了头顶的蓝天、白云和太阳
其余都还给了森林

时光与玫瑰

时光像朵玫瑰
少年时
远远望去
娇艳夺目

老年走近它
满是
扎手的刺

夜晚

是夜晚，让我们如此沉静
请让影子和灯光暂时离开
请把白天的面具搁置
请把梦的通道打开
让狰狞的夜色
呈现婴儿熟睡的表情

光明

是光明，让我们如此激动
这里没有
影子与影子的战斗
和阴谋交易的笑容
让我们重回那片
曾被死亡覆盖的土地
林立的墓碑写满忏悔
生锈的枪口开满鲜花

手掌

必须时时攥成
拳头的模样
只要一摊开
纵横交错的掌纹
像时间的河流
从指缝
悄无声息流走

向佛

再顽劣的石头
也有一颗向佛的心
偷学人类
打坐
念诵经文
终成正果
成为一块
高深莫测的石头

墓碑

终结者
最简单的告白
把人生最难解的答案
留给后来者

风是一种存在

把石头吹成
铁的心肠
把沙吹成
沙的模样
把太阳吹得
摇摇晃晃
把星星吹得
稀里哗啦
把月亮吹得
更白
把天空吹得
更蓝
风把自己
吹得虚无缥缈

穿过身体的风

总有风
在这样的黄昏吹过
像醉汉
踉踉跄跄

穿过身体的风
吹着，吹着
就吹凉了季节
吹走了光阴

左边右边

一边是命运的左边
几簇枯苇
把隆冬的傍晚
摇得暮色苍茫

一边是命运的右边
旭日东升
庙宇庄严的大殿
一片辉煌
晨钟悠扬
经声虔诚
开启普度众生的一天

大道至简

秋风吹起
一路驿歌
万物抖落往事

大道至简
自然是演绎的高手
每次蜕变
内心都春风十里

荒诞的雨

一场夜雨
由此拉开序幕
从没有情节的故事开始
在一片荒诞的掌声中结束
它，不属于这个季节

当水与火达成和解
大地重归宁静
在鸟声的掩护下
清晨探头探脑

白天

狂风撕碎了白天的梦
语言分崩离析
思想寻找出路
有时，白天也不是黑夜
唯一的避难所
有时，以阳光为利剑
也偶有失手

影子在诉说
直立行走的困难
灯光提前准备
夜的彩排
我爱着的人
在茫茫草原放牧

初夏的思想

阳光向绿叶
诉说情话
河流还唱着欢快的歌
大地萌动
天空高远
许多事物都有向上的野心
坚硬的思想
也要破茧了
只有你，只有你
还在留恋
那朵迎春花

大海

许多时候
我想把大海
写进夜晚
在夜深人静、无人喝彩的时候
和我一样
把蓝色的孤独
高高挂在桅杆
像一面胜利的旗帜

汗

汗流尽了
最后一滴汗
就回到了大海
盐的故乡

大海抒情

海面像宽广的舞台
阳光在跳跃
浪花在抒情
我陶醉在
水天相接的地方
写满未知的蓝色诗篇

一滴水
要经历多少劫难
才能汇入大海
一个人
要经历多少世事的打磨
才能拥有大海的胸怀
一艘船
要鼓起多大的勇气
才能在大海上扬帆远航

而我

是多么的幸运

拥有这所有的不确定性

冻

天寒地冻
唯有寂静是沉默者的表情
沉默
是春天无声的呐喊

天冻了
从一朵一朵的云开始
停止走动
像披了一件隐身衣
用阴郁低沉的面孔
遮挡
蓝色明亮的天空

地冻了
深沉也是热爱的理由
土地像哲学家

唤醒沉睡的黑夜

人冻了
红尘的脚步就慢了
出窍的灵魂
安安静静
干干净净

诗歌

夏日黄昏
倦鸟归林
我沿着一条无人小径
步入诗歌密林深处

头顶气象万千
脚下杂花生树

远处
升起高高的祭坛
诗经居上
投我以木瓜和琼瑶

较量

阳光收敛了夏日的锋芒
北风把好钢
用在刀刃上
疯狂收割大地
草木伪装的面目
春天才能识破

我与眼镜

我与眼镜
相看两不厌

我看眼镜
眼镜看世界

互为补充
互为傀儡

火

火
在火中燃烧黑暗
火
在火中寻找光明
抱团取暖的火
时刻准备着
引火自焚

美好

春天，从美好开始
美好开花
美好发芽
美好是抽象文字
在春天
锦上添花

鸟声

鸟叫
是一种古老的声音
从未
被现代文明进化
我们互相诱惑
彼此走进
对方的笼子

道路

道路是方向
坚实的脚步
成为检验道路的
唯一真理
鲜花高举旗帜
历史是过去的现实
道路尽头
还有虚无
在沉默中延伸

和而不同

季节年复一年
做着相同的题
我们按既定答案
走在回家的路上
偶尔也唱着同一首歌

风吹过
有时是风景
有时让我们
改变了行走的方向

空

天空
已被屋顶撑得
无边无际
而所有白云
仍像人间孤儿
到处流浪

勇气

一栋不堪重负的楼
要用多大的勇气
才能站起来
只为让你高看一眼

迷失

夜像黑森林
古老的丛林法则
迷失其中

白天的人
卸下面具
迷失其中

秘密

五味杂陈的清晨
微风死于一场
蓄意谋杀
阳光拒绝季节的调和
蝉鸣一度取代鸟声
孩子奔跑时的呐喊
不小心泄露
年龄的秘密

夏天

太阳在地上放火
绿叶在丛中放火
烈焰腾腾的人间
阳光匍匐
命运向理想靠近一步

时光流转
岁月僵持
种子逃离果实
黑夜翻过黑暗的墙

秋天
写下夏天的秘密

冬语

寒风抽打一片枯叶
倒悬的绝望

凋零是可怕的事实
衰老是无情的脸孔

冰冷的词语
蹚过河流的边界
靠近真理

诗与日子
一起慢慢下沉

墙

一堵墙
站在那里
能挡住阳光和风雨
却挡不住
一小块黑暗

证人

秋雨迷离
秋日苦短
季节在下一个
没有红绿灯的路口
突然转身
形容词在镜中
寻找自己的影子
无根的影子
生活的证人

黎明

夜像漏斗
过滤的
是黎明

严冬

秋天高举的镰刀
此时已锈迹斑斑
徒劳的收割
并不能唤醒沉睡的记忆
地下藏着什么秘密
霜雪是最好的伪装者
掩盖了就要冒出头的春

戏剧

是一场月光
淋湿了湖中洗澡的星星

是一场大雪
掩盖了深夜的漆黑

是一场秋风
吹散了枝头的辉煌

是一场命运
让道路充满坎坷

是一场戏剧
让人生充满悲喜

燃烧

屋里燃着炉火
炉火燃烧着寒冷
燃烧着黑暗
燃烧着一棵树
最后的梦想

春风沉醉的夜晚

春风沉醉的夜晚
沉醉的
不止春风
不止夜晚
还有草木鸟兽
和开往春天的地铁

鞋

鞋是脚的影子
脚躲在鞋的阴暗角落

鞋为脚赴汤蹈火
脚让鞋周游世界

鞋到底好不好
只有脚知道

这些年

这些年
我们忙碌
时光奔走
谁也顾不上看
谁的风景

这些年
我们努力奔跑
在追赶太阳的路上
谁也没有留意
时光正在穿过针眼
偷偷溜走

这些年
亲情流浪在外
友情渐行渐远

各执一词的背后
谁也无须负责

咳嗽

黄昏一咳嗽
黑夜就来了
风一咳嗽
冬天就来了
你一咳嗽
岁月就老了
而大地一咳嗽
春天就来了

阴影

一棵树
一堵墙
树高墙矮
墙处于树的小片阴影下
树越长越大
墙越看越小
树的阴影完全笼罩了墙
最后，墙在树的浓荫里坍塌
我至今困惑
衰败
死于阴影
还是庇护

追问

到底要怎样洗
才能洗白
一池蓄谋已久的泪水
到底要怎样的愤怒
才能点燃
一片绿色的草原
到底要怎样的深情
才能望穿
一江秋水
才能在坠入黑暗后
产生火花

草木记

一草一木
一枝一叶
把我们踩在脚下的世界
悄悄抬高
一寸又一寸

瞬间

雪悄然落下
很快又停下
像一根发条
被突然卡住

这是今年第一场雪
也是最后一场雪
如一些事物
既是开始也是结束
我们所看到的
不过是一个瞬间的结果
而过程
往往是一场漫长的孕育

日子

日子像一排排浪花
快速逃离水面
有风的推波助澜
也有阳光的锦上添花
虚与实
填充了起伏的一生

矛盾

总有人
想深入事物的内部
抓住本质
一览众山小的感觉
其实也是立于悬崖的
致命危险

总有人
左手拿矛
右手拿盾
自己与自己较量
失眠者用熬夜治病
善饮者用酒浇愁
盲人还要用竹竿
敲打光阴
最后，风把往事
吹成一个空的洞

解救

被夜色包围的人
因光明而获解救

被愤怒燃烧的诗人
因文字而获解救

被时间烘烤的干柴
因烈火而获解救

搁浅的小船
因巨浪而获解救

泛滥的沙漠
因干涸而获解救

受苦的人
因善良而获解救

第四辑

邂逅一场雪

邂逅一场雪

是远山

期待的嫁妆

黄昏落日

落日近黄昏
一落再落
像年少
一场堕落的青春
直至谷底
成为一个多余的词

相比于夕阳
我更在意
暮色的苍茫
层层包裹之下
只有自己
透过层层迷雾
看清自己

萤火虫

夏夜，乡村萤火虫
星星点点
灿若星河
在人间
打造一个天堂

石枕溪流

一块一块的石头
压着
一段一段的流水
这样不畅快的情形
多像
一个心事满腹的人
踽踽独行

秋令

一条无知的
山中小路
平分秋色
野菊和枫叶
各有底线
互不打听
季节的秘密
一边是狂野的芬芳
一边是如血的残阳

季节深处

最后的落日
点燃身边的一片云彩
晚风轻轻吹过
像一把摇着的小小蒲扇
这个季节
小河保持丰满
草木继续绿的观点
是否该转向下一场
由生长走向成熟的话题了

云

只有西藏
聚集了那么多的白云
像朵朵硕大的白莲
在山顶
次第开放
我们想知道
那柔软的花中
住着何方神圣

啄

雪后初晴
万物肃立
过分的寂静
与白雪一起
织成了阳光的虚无
三两只小鸟
四五只小鸡
首先打破了大自然的沉默
一边用本地方言交流
一边用嘴在雪地狠啄
似乎底下埋着一个巨大的秘密

夜未央

一个人走在旷野
黑夜也无眠
再向前走
我们就走向了更深的黑暗
远处有几声鸟叫和虫鸣
打破了夜色笼罩的沉默
更远处还有
几点闪烁的灯火
像是指引
像是劝告

峭壁上的春天

温和的风
舔着
冬天留下的伤口
这伤口长着
天空的湛蓝
阳光的灿烂

南山的绿
在哨声中奔跑
北山的雪
流干了最后一滴苦水

昨天的忧伤
不会写在脸上
铺满落叶的小径
恍若隔世

峭壁上

没有一枝山花能留住鸟声

而春天

翻山越岭的脚步

从未停止攀爬

松鼠

我是个不速之客
贸然闯进了松鼠的家

此刻我像个贼
贪婪打量这里

红松，白桦
和苔藓

大山深处
遮天蔽日
恍若隔世
只要小鸟不歌唱
时光便停止

可爱的小松鼠

转着乌溜溜的小眼珠
小心翼翼
抓起我掌心的葵花籽
剥皮，吐壳
然后鼓着两腮
嗖的一下藏起来了

我既无贼心
亦无贼胆
不带走丝毫
只想冬天再来看看
看看
这森林的童话

林中小溪

只要一闭眼
色彩斑斓、层林尽染的秋色
就向怀中扑来
只要一闭眼
悠长，悠长，又悠长的溪水
就在耳边回响
苔藓有古老的名字
和年轻的面孔
红松有神秘的故事
林中的落叶和松针
将要填满空虚的人间

希望

把春天的种子
种在冬天
严寒的大地
它们在东风里苏醒
然后发芽
桃红柳绿

鸟儿互相用暗号
传递春天的信息

你说
这是一个漫长的等待
等待就是
把黑夜熬成白天

我觉得

这犹如

我们昨天的握手

一个温暖的瞬间

万象

一群一群的鸟
黑的、褐的、灰的、白的
从树梢，从草丛的
隐秘处
飞出
争先恐后扑向天空
点亮太阳
它们惊醒了春天

大寒之夜

在这个
漆黑、深沉、寒冷的夜晚
一声婴儿与猫的哭声
比一片雪花
晚到了一会儿
但比一缕春风要早

古意

风萧萧
雨也茫茫
在辽阔的湖面
跑出一阵青烟

一匹马
摆脱文字的缰绳
仰天长嘶
此时
落日照大旗

风

大风吹过的草木
都长了长舌头
窸窸窣窣
说着人间的是是非非

夕阳

夕阳像一道
催命的符咒
让美
紧张得窒息

暗河

雨水顺着黑暗
汇成一条河
像镜子闪着白光

河里有夜的暗纹
和人世的悲欢

还有，不求收获的人
把失眠种在河里

我知道，明早天晴后
宽大的芭蕉叶上
不再有昨晚
雨打的痕迹

数星星

城市夜空下
我们戴着眼镜
数呀数星星
所有的星星
都被陌生的云层
屏蔽

一场雪的危机

大雪纷飞
一片茫然
清晨的突然造访
打乱了昨夜
风雨的节奏

天地茫茫
踏雪无痕
许多人已忘来时之路
一丛翠竹侧卧
为我指点方向

伞上之雪
犹如泰山压顶
我们的危机
源自轻飘飘的重

月夜迷离

月色迷离
山河朦胧
虫鸟假寐
夜，满腹心事
明天的阴晴
是人间的大事

夏夜村语

山峦依旧
向晚的钟声
撞碎满天的云彩

小河依旧
一块漂泊的石头
未能阻挡
心向远方的流水

蟋蟀的声音
把乡村的夏夜
抬到了半空
然后被露水打湿

秋言

想到秋
就想到金色阳光
就想到硕果累累
就有一片明朗的
好心情

纵秋水望穿
万山红遍
秋天的果实
再也回不到春天的花丛

秋夜

月光如水
覆盖大地
淹没秋虫
最后的呢喃
我把夏天
多余的一缕阳光
安放于今夜
冰凉的月色中

秋语

秋高气爽
阳光不紧不慢赶路
走在一片绿叶
衰败的前面

这个季节盛产
胜利的果实
和漂亮的形容词
最终一样
高处不胜寒

风是令人讨厌的
不速之客
蒙面洗劫了
最后一片落叶

草原小记

河流棋布
房舍俨然
皆为沉默的短句

艳阳孤悬
点燃雪山的寒光

牛羊不开口
草原在昏睡

南归的孤雁
用一声长鸣
打破
天地间的尴尬

秋风记

秋天
从一缕凉风开始
吹来远古的悲壮
吹来不眠的乡愁
风被一片落叶牵引
慢慢走入
季节的视野

秋天
从一片落叶开始
越来越凉的风
裹着一片失色的树叶
像漂泊的游子
越走越远
直到有人泪流满面

花落知多少

阳光像
草原撒欢的羊群
瞬间爬满山岗

几声鸟鸣
啄破露珠
昨夜残梦

夏日绚丽
坐拥黄金屋
和绿书城

头枕南山
只需黄粱一梦
便雪满山岗
白了来时的路

尖叫的枯枝

推门的风
跳舞的火
今晚有没有书生
红袖添香夜读书

越来越厚的雪
把黑夜擦得
如一张白纸

一截枯枝的尖叫
惊醒了森林的梦

竹笋

一根竹笋
是春天隐藏最深的卧底
从地下到地上
有着曲折的光明前途
只要一抬头
便是春风十里

雨或歌

天空
布满星星的词语
闪电登场
照亮翻脸的瞬间
雨顺着墙壁攀爬
在屋檐下唱着忧伤的歌
这首歌被反复吟唱
一直到天明

邂逅一场雪

邂逅一场雪
是岁月
馈赠的幸福
是远山
期待的嫁妆
是大地
放松的表情

夜晚寒风如诉
清晨细雨如泣
把一场大雪和远方的地平线
送给你
安放纯洁的灵魂

山谷绝音

山谷
像个巨大的容器
装满鸟的声音
一旦释放
就是美妙的交响乐
就是美好的风景
但山谷只把这声音
托付给经受考验的有心人

山谷也有风的声音
但鲁莽的风
毫无原则
只知横冲直撞
每一声
都让人心醉神迷

瀑布

悬崖之巅
瀑布指挥大合唱

高音落水
低音潜水
中音断弦

无须聚光灯
一首嘹亮的歌
就是黑夜的一束强光

进入交响乐第四章
水在湿淋淋的语言里
挣扎
紧紧扼住命运的咽喉
怀着劫后余生的激动

向着大海

一路高歌

一只自信的鸟

深秋的落叶
还未来得及
完全覆盖教学楼下的
一小块草坪
一连几天
一只长嘴
头顶红冠
身披艳丽彩袍的
无名鸟
在中午的阳光下
旁若无人
举止优雅
悠闲踱着方步
像饱学之士
像这领土的国王
完全不在乎

脚下踩的

是枯叶还是鲜花

牡丹

暮春四月
牡丹开了一茬，牡丹谢了一茬
开着的
国色天香，争奇斗艳，风光无限
谢了的
鸡皮鹤颜，埋头藏首，鞍马冷落
母亲说
花无百日红，人无百年好
远处
小河波光粼粼
缓缓流过大地
喜鹊抖落一身阳光
展翅欲飞
奔跑的小孩
用欢快的声音
掩盖这一切

清明

天空被洗得一尘不染
小路湿漉漉
伸向看不见尽头的远方
我们向山上走去
无名的野花
见到了
久别重逢的亲人

第五辑

土屋与水车

古老的水车

被岁月悬空在

低矮的屋檐下

虫鸣涧

夏夜，月光下
内心的躁动
往往淹没于
一片虫子的唱和
声长调短
皆为方言
无非提醒异乡之人
入乡随俗啊

音可寻
形无迹
今晚的主角
隐身于
华丽的盛宴背后
像这块土地
古老的生存法则

收割记

收割的日子
总与阳光同行
深深浅浅的阳光
喜欢热闹
把生锈的镰刀
磨得锃亮锃亮
我们用流不尽的汗水
回报大地的馈赠

偶有不测风云
须用更快更利的镰刀
在雨水的虎口中抢夺
一日三餐
和遥远的憧憬

用苦和累收割

在大地编织的诗篇
一页页写
一页页读
一页页撕

最后，土地还是土地
庄稼还是庄稼
而我们
收藏了一个
漫长又短暂的过程

秋子湖泛舟记

青山横北郭
绿水绕船头
一支桨令水的表情不安
落水的荻花
有再次飞天的冲动

湖面已然消瘦
风中还藏着刀子
残冬的气息
触手可及

世事无非涨涨落落
一群无处藏身的石头
露出本来面目
梦想在一场春雨中开花
而我

只需回头上岸
便是一个春天

牧人

一声鞭响
牛羊缓缓进入
预定的战场
牛是牦牛
羊如狗仔
匍匐的野草
最初有些慌乱
阳光是此时
唯一的镇静剂
阿弥陀佛
宽恕这些异样的牛羊吧
就当它们是另类的变形金刚

再一声鞭响
落日带走了牛羊
寂静是永远的沉睡者

日子成为时光的坟墓
鞭声成为记忆的漏斗
这是一生的全部记载吗
风也开始集体沉默

挖煤的人

以内心取火的人
难免在黑夜逆行
次数多了
白天也成黑夜了
次数多了
收集的火种
就成了燃烧的太阳

钓

已近黄昏
垂钓老人一动不动
像在等什么人
如一尊矗立湖边的雕像
与时间对峙

细细的钓绳
像细细的垂柳
伸入水中
打探湖的深浅

微小的风
带走了旷野的寂静
又送来了更大的寂静

当夕阳顺着钓竿

跌落水中
钓竿像彗星
画了个优美的弧线
空空如也的钓钩
挂着如血残阳
像久远的等待

索菲亚教堂

教堂顶端的一棵洋葱
已生长百年
郁郁葱葱
还将继续生长

外墙的钟还在
齿轮与时间长久地咬合
回忆深陷其中
而忘了发声
或是黄昏的落日
或是黎明的朝霞
或是夜色洗过的黑暗
笼罩了岁月的钟声

教堂还在
没有牧师和经书

坐在长椅上忏悔的人
羞于张嘴
一个愿望
在萨克斯中
三心二意

雁南飞

一个晨练老人
用苍老的女中音
一遍遍唱着雁南飞
歌声穿过微风，也穿过阳光
像一只孤雁
寻找另一只落单大雁的
暗号

小姨

能歌善舞的小姨
如风中的玫瑰
令春色
摇曳多姿

她曾借过
百灵鸟的声音
在沉沉的暮色中
透过黎明的曙光

笑容的旋涡里
盛过别人
多余的痛苦
却把自己的
就地掩埋

风一样来，风一样去
我们的一生
并不比一片云彩
过得高明多少

小镇街道拐角处
悄悄抹平了
小姨的足迹

少年

赤足的少年
奔跑在窄窄的田埂
厚茧与硬土的碰撞
犹如钢铁的摩擦
丝丝火花照亮了他
灰暗的人生

割草

一个晴朗的早晨
阳光纷飞
割草机的声音
在草地奔走

而时间
成为碎片
成为谎言
成为季节的证据

午夜歌声

风
吹落了
遥远的歌声
幸存的
断断续续
像个落水的人
在挣扎

天使之城

四月是天使之城
有鲜花的味道
有夏天的暧昧
每个人的脚步
那么轻盈
仿佛怕踩着
一只蝴蝶的翅膀

风景

小桥上的微风
一直在吹
湖的半个脸
爬满皱纹
小桥上
看风景的人
摸了摸脸

围城

五月的风
改变了季节的方向
阳光沿着
古老的航道航行
落日的美丽
是个言不由衷的错误
失火的天空
一片茫然

民谣

风是风来
雨是雨

尘归尘呀
土归土

春天的花儿
开在寂寞的夜色中

小桥

朽木不可再雕
老去的骨头易折
从桥的这头
到那头
是一段危险的旅程

桥下的流水哗哗
唱着欢乐的歌
奔向远方

寺中一日游

这山中小寺
幽静得像
乡村的夜晚
庄严肃穆

诵读的经书
像夜空的星星
我们知其然
而不知其所以然

夕阳里
寺中的一声木鱼
敲得红尘
石破天惊

破山寺禅房

禅房虽小
却深不可测
正如这山
因破
而名动天下

每间禅房
都囚禁过一个
老和尚的肉身

出尘的人
画地为牢
不越雷池半步

曲径通幽
沿着古人的气味
走向花木深处

山顶佛塔

黄昏来临
夕阳加速下坠
山不堪重负
一寸一寸矮下来
唯有山顶佛塔
在暮色中
越长越高
隐入天际

乡村的早晨

旭日东升
停在山顶
群山金光闪闪
有长高的趋势
一群小鸟
用珍藏多年的声音
迎接明亮的日子

若尔盖草地

多年前的十月清晨
我路过若尔盖的松潘草地
衰草上盖着厚霜
浅水中结着薄冰
泥潭中藏着致命的沼泽
与多年前课本中的介绍
还是一个模样
这种一见如故的感觉
让我明白
原来这么多年
我一直未曾走出这片草地

嘉峪关

冬天把祁连山
用苍茫与寒凉连成一片
凝固在昏黄的落日之中
山顶积雪
饱食终日而无所事事

遥远的黄沙地
曾经校场点兵
几匹野马
如移动的靶子
独领风骚
城楼之上
无兵可驻
无箭可放
此时门洞大开
风如潮水

时间的敌人
爬满城墙

月光下的凤尾竹

凤尾竹
在月光下的
葫芦丝中
如诗如画

我听
月光下的凤尾竹
如痴如醉

土屋与水车

古老的水车
被岁月悬挂在
低矮的屋檐下

无数个夜晚
白晃晃的月光下
土墙沉重的呼吸
与水车渴望奔跑的呐喊
淹没于一片虫声中

稻草人

冬日的稻草人
与田野一样消瘦
一样空虚
敌对时代已结束
鸟兽有着不计前嫌的胸襟
对稻草人表达
言归于好的可能

无论怎样
即使有冬天的阳光朗照
稻草人也无法回到过去
在它内心
仍深刻保持着
应有的警惕